POÉSIE HÉROÏQUE

DES INDIENS.

Lyon. — Imp. de F. Dumoulin , rue Centrale. 20.

POÉSIE HÉROÏQUE

DES

INDIENS,

ESQUISSE

SUIVIE D'UN CHOIX DE VERS SANSCRITS

TRADUITS EN VERS LATINS,

PAR

F. G. EICHHOFF,

PROFESSEUR A LA FACULTÉ DES LETTRES DE LYON,
CORRESPONDANT DE L'INSTITUT.

Yâvat sthâsyanti girayas saritaç ĉa mahîtalê,
Tâvat Râmâyanakathâ lôkêsu praĉarisyati.

Dúm stabunt montes, et aquæ tellure meabunt,
Carmen, Rame, tuum memori florebit in ævo.

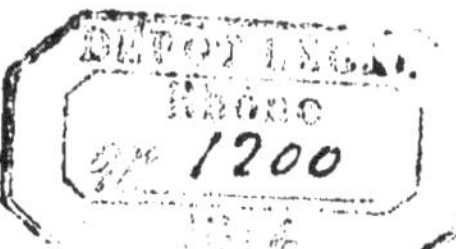

LYON.

IMPRIMERIE F. DUMOULIN, LIBRAIRE,
rue Centrale, 20.

1853.

POÉSIE HÉROÏQUE

DES INDIENS.

I.

Depuis près d'un demi-siècle, l'Inde, cette terre mysté-
rieuse si longtemps ignorée ou méconnue, a trouvé dans
l'Europe moderne de savants et judicieux interprètes. L'im-
portance de son antique idiome, l'éclat de sa littérature, la
richesse de ses traditions, le sens profond de sa philosophie,
ont été mis au grand jour par des travaux d'un ordre supérieur, et la curiosité publique s'est émue à l'aspect de ce soleil d'Orient qui renaît plus brillant que jamais de sa léthargie
séculaire. D'où vient donc que pour des hommes de goût que
charme la littérature classique et qu'enflamme le culte du
beau, pour des admirateurs d'Homère et de Platon, de Cicéron
et de Virgile, cette mine féconde de connaissances variées
et de recherches intéressantes, soit restée comme inexplorée,

ou imparfaitement entrevue ? N'est-ce pas l'immensité de l'œuvre, l'abondance des détails, la multitude des faits et leur incertitude, qui étonnent les regards indécis et paralysent un généreux élan ? Nous le croyons, et cependant, si jamais une des phases de la civilisation antique, une de ces moissons immortelles où fleurit la pensée humaine, mérite d'être recueillie avec celles de la Grèce et de Rome, c'est certainement celle qui, avant toutes les autres, a jailli sur le sol indien.

D'ailleurs les traditions de l'Inde, sa mythologie, son histoire, sont-elles réellement aussi vagues que la science moderne le suppose? Si, à travers tant de révolutions politiques et intellectuelles qui pendant plus de quarante siècles ont bouleversé ce beau pays, il est difficile ou plutôt impossible de saisir une vue nette de l'ensemble, les détails en sont-ils tous obscurs, les récits tous allégoriques, et les mythes, même les plus anciens, échappent-ils à toute analyse? Si au début de leur longue migration, les Aryas de race japhétique, qui des gorges de l'Himalaya descendirent aux rives de l'Indus, n'ont adoré dans leur crainte instinctive ou dans leur naïf enthousiasme que les grands phénomènes de la nature sur la terre, dans l'air, dans le ciel ; si, sous l'inspiration des patriarches, chefs vénérés de leurs tribus, ils offrirent en hymnes mélodieux leurs vœux au soleil et à la lune, au feu et à l'eau, à l'aurore et à la nuit, sans s'inquiéter de la série des siècles, les mythes traditionnels nés au berceau du monde occupaient cependant leurs souvenirs. Ces mythes, dans l'imagination populaire, se revêtaient de couleurs magiques : le char du soleil avait sept coursiers fauves ; l'aurore souriait sous sa couronne de fleurs; le feu propice enveloppait l'offrande afin de la porter au ciel ; Indras, génie de l'empyrée, terrassait de sa foudre le nuage sinistre, Ahis le noir serpent, qui pesait sur la terre infertile. Mais l'esprit méditatif des sages discernait à travers ces symboles la tradition d'une vérité première, témoin ce bel hymne sur le Dieu créateur, germe étincelant du monde visible, qui termine si noblement le Rig-Véda, et que nous nous bornerons à transcrire d'après une version excellente (¹) :

« Le Dieu à l'œuf d'or a paru ; il venait à peine de naître et il était déjà le seul maître du monde. Il a rempli le ciel et la terre. A quel autre dieu offririons-nous l'holocauste ?

« C'est le Dieu qui donne la vie, qui donne la force ; c'est lui dont tous les êtres, lui dont tous les dieux subissent et honorent la suprême loi ; c'est lui auprès de qui l'immortalité et la mort ne sont que des ombres. A quel autre dieu offririons-nous l'holocauste ?

« C'est le Dieu qui, par sa grandeur, est le seul roi de ce monde qui respire et qui voit par lui ; c'est le maître de tous les animaux à deux pieds, à quatre pieds. A quel autre dieu offririons-nous l'holocauste ?

« C'est à lui, c'est à sa grandeur qu'appartiennent ces montagnes couvertes de frimas, cet océan avec ses flots, ont dit les sages ; c'est à lui ces espaces, à lui ces deux bras qu'il y déploie. A quel autre dieu offririons-nous l'holocauste ?

« C'est par lui qu'a été solidement établi le ciel, par lui la terre, par lui l'air immense, par lui le firmament ; c'est lui qui, dans les airs, conduit la lumière. A quel autre dieu offririons-nous l'holocauste ?

« C'est lui que le ciel et la terre, soutenus par son appui, frémissent du désir de voir, quand le soleil dans sa splendeur se lève à l'orient. A quel autre dieu offririons-nous l'holocauste ?

(¹) *Rig-Véda*, traduit en français avec commentaires par M. Langlois. — *Etudes sur les Védas* par M. Barthélemy Saint-Hilaire (Journal des savants, 1853).

« Quand les grandes ondes portant le germe universel sont
venues et qu'elles ont enfanté la flamme, alors s'est développée
en elles cette âme unique des dieux. A quel autre dieu offririons-nous l'holocauste ?

« C'est lui qui, dans sa grandeur, voit autour de lui ces
ondes qui renferment la force et qui enfantent le sacrifice.
C'est lui qui, parmi les dieux, a toujours été le Dieu suprême.
A quel autre dieu offririons-nous l'holocauste ?

« Ah ! puisse-t-il nous protéger celui qui, dans sa sainte
puissance, a créé le ciel et la terre, celui qui a créé les belles,
les vastes ondes ! A quel autre dieu offririons-nous l'holocauste ?

Rig-Véda , VIII, 7, 2.

De même que la vérité religieuse se révèle déjà dans les
Vèdes, pour éclairer ensuite d'un jour pur le début et la fin
du Code de Manus, et donner, au sein même de superstitions
grossières, sa haute moralité à la poésie héroïque, ainsi l'histoire de l'Inde ancienne, artistement voilée sous une foule de
légendes, ne s'en détache pas moins vive et réelle pour qui-
conque l'y cherche attentivement. Et quelle autre croyance
plus positive attachons-nous aux mythes de la Grèce, sur lesquels se fonde cependant la plus belle des littératures? Si
nous ne voyons dans les dieux de l'Iliade, comme dans ceux
du Râmâyan et du Mahâbhârat, qui leur ressemblent par tant
de traits, que les personnifications brillantes et capricieuses des
forces de la nature, images mobiles, incomplètes, passionnées,
d'un pouvoir impassible et suprême, en dirons-nous autant des
héros dont l'histoire positive nous est cependant inconnue?
Nierons-nous l'existence terrestre d'un Achille, d'un Hector,
d'un Ulysse, d'une Andromaque, d'une Pénélope, et même
d'un Jason ou d'un Orphée, parce que leur vie est remplie
de prodiges? Ne préférerons-nous pas, par un accord tacite

que sanctionne toute l'antiquité et qu'admet parfaitement la raison, croire à une existence embellie par la fable, mais fondée sur la réalité; et n'est-ce pas dans ce sentiment même, indispensable à l'émotion du cœur, que nous puisons le vif intérêt qui s'attache à leurs caractères? Or, les légendes des Indiens n'offrent ni plus ni moins que cette vraisemblance poétique fondée sur d'anciens souvenirs. Nous dirons même qu'elle assume chez eux une teinte plus grave, plus nationale, qui laisse mieux entrevoir les traits fondamentaux agrandis par la tradition. Ainsi, pendant que les Grecs, trop oublieux de leurs ancêtres, placent à la tête de toutes leurs dynasties des chefs de colonies étrangères qui, d'Egypte ou de Phénicie, sont venus les civiliser, les Indiens conservent comme les Hébreux le souvenir de leurs premiers pères, de ces patriarches vénérés qui les guidèrent vers la terre promise. Ce sont ces noms qu'on doit reconnaître dans ceux de ces Rishis primitifs, qui, immortalisés par la mythologie, président aux révolutions du monde, à la naissance des dieux et des hommes, des dieux qu'ils invoquèrent jadis dans leurs sacrifices solennels, des hommes qu'ils appelèrent à la vie en leur donnant la civilisation. Ces noms vénérés apparaissent dans les Vèdes, leurs hymnes religieux, dans les codes de lois, reflet de leur sagesse, dans les épopées dont les héros aspirent à égaler leur vertus.

Parmi ces sages primitifs, dont le dogme de la métempsycose éternise l'existence sur la terre, où très-probablement ils ont vécu, paraît d'abord Manus, l'intelligent, né du souffle créateur de Brahma en sept manifestations successives, dont la première, à l'origine du genre humain, trouverait en sanscrit l'épithète d'Adima, premier né, et la dernière, à l'époque du déluge, celle de Nâvika, navigateur. Ce seraient donc Adam et Noéh, rapprochement qui n'a rien d'impossible. Puis viennent les dix grands sages, appelés patriarches du

monde, mais que leurs noms mêmes, sans épithètes, indi-
quent suffisamment comme chefs de race arienne et tiges de
familles sacerdotales. Plusieurs d'entre eux, tels qu'Atris,
Angiras, Bhrigus, Nâradas, Vaçisthas, figurent même comme
auteurs véritables d'hymnes sacrés ou de codes de lois. Puis
viennent, dans les générations successives, d'autres législa-
teurs et d'autres poètes, tels que Kaçyapas, Vrihaspatis,
Budhas; plus tard, Viçvâmitras, Kanvas, Kutsas; puis les
chefs d'écoles philosophiques, Kapilas, Gotamas, Vyâsas,
émule de Vâlmîkis, l'Homère indien. Ces sages, et une foule
d'autres que nous passons ici sous silence, ont chacun leur
légende et leur existence poétique, mais tous aussi ont leur
réalité qu'attestent des œuvres qui survivent et dont il n'est
pas difficile de fixer même l'époque probable (¹).

Les noms des souverains ne sont pas moins réels, malgré
l'absence regrettable de dates. L'Inde, si semblable à la Grèce
dans ses destinées comme dans ses mœurs, fut comme elle
partagée de bonne heure en une multitude de petits états,
tantôt alliés, tantôt rivaux, ayant chacun pour centre une
ville florissante. Ces états, de l'Indus jusqu'au Gange, se ratta-
chent tous à deux souches principales, dotées des noms pompeux du soleil et de la lune, mais n'en offrant pas moins
deux listes régulières de princes actifs, et mêlés à l'histoire
d'une manière tout aussi intime que les rois d'Argos ou
d'Athènes. Les deux grandes épopées indiennes, le Râmâyan
et le Mahâbhârat, consacrées à la gloire de ces deux races,
rapportent religieusement ces noms, entourés de légendes
brillantes et transparentes comme celles de la Grèce. Si la
chronologie indienne est plus vague et n'a point d'années pour

---

(¹) Voir à ce sujet les *Religions de l'Antiquité* de M. Guignaut, et les
observations de MM. d'Eckstein et B. Saint-Hilaire.

chaque règne, elle offre cependant dans les faits principaux certains points d'appui suffisants pour relever tout l'édifice antique par la même méthode qui, de nos jours, a fait revivre les règnes des Pharaons d'Egypte. D'une part, monuments lapidaires dont la majesté nous étonne; de l'autre, légendes traditionnelles dont l'éclat nous charme et nous émeut ; des deux côtés même intérêt à ressusciter le passé par toutes les inductions probables que peuvent fournir la raison et la science.

D'après le Râmâyan, qui donne en deux endroits la liste détaillée des rois de la race solaire ([1]), ils seraient issus de Manus, fils de Sûryas le soleil, et contemporain du déluge, auquel il échappa sur une arche sainte vers l'an 3100 avant notre ère, au début du Kaliyuga, âge actuel des Indiens. De lui, naquirent dix fils ou arrière-neveux, dont l'aîné, *Ixvâkus*, fonda la ville d'Ayodhya (maintenant Oude) l'invincible, aux bords du Sarayu, affluent supérieur du Gange, laissant le reste de l'Inde en partage à ses frères. L'existence de ce chef des Aryas, qui vainquit les Mlechâs, habitants primitifs, remonte, d'après les calculs les plus probables, fondés sur la succession des règnes, à vingt-deux siècles environ avant notre ère, à l'époque où de grands événements s'accomplissaient dans tout l'ancien monde, où l'hérédité s'établissait en Chine avec la première dynastie, où Abraham sortait de la Chaldée, où s'élevait l'empire d'Assyrie, où l'Egypte fléchissait sous le joug des Hycsos. Après lui viennent trente rois jusqu'à Râmas, que l'opinion commune place au quatorzième siècle; d'où il est facile de conclure, en prenant 25 ans pour moyenne, la date approximative de chaque règne.

Chacun de ces vieux rois a une légende ou un surnom ca-

([1]) Râmâyan, livre i, ch 72 ; livre ii, ch. 116 et 119.

ractéristique , et ses collatéraux fondent les états voisins comme ceux de Mithila et de Visala , près du Gange. Nous bornant ici aux plus célèbres parmi les souverains d'Ayodhya, nous citerons , du xxime au xixme siècle, *Prithus,* roi vanté comme modèle de sagesse ; *Triçankus*, que la légende change en constellation ; *Kuvalâçvas* , qui tua un énorme géant ; *Mândhâtre* , roi béatifié, auteur d'un hymne des Vèdes , protecteur zélé des brahmanes. Puis vient, dans le xviii^mo siècle, le puissant *Sagaras* , vainqueur des Çakâs , Saces ou Scythes, et des Yavanâs , Ioniens ou Pélages, roi célèbre par ses grands travaux pour ouvrir une embouchure au Gange , travaux que continuèrent, à l'exclusion de son fils déclaré indigne de la couronne, ses successeurs *Ançumat*, *Dilípas*, et l'heureux *Bhagfrathas*, qui vit enfin les eaux du Gange fertiliser ses riches domaines. C'est le sujet de l'admirable prosopopée qu'on lit au livre I, ch. 45 du Râmâyan, et que nous avons reproduite (¹).

Au xviime siècle, époque de Moïse et des civilisateurs de la Grèce , *Kakutsthas* et *Raghus* , rois d'Ayodhya , commencent une nouvelle branche qui reçoit d'eux son nom patronymique, mais qui semble dégénérer promptement par la cruauté ou la mollesse de leurs successeurs. Parmi ceux-ci, cependant, on doit remarquer, aux deux siècles suivants, *Çtghragas*, dont le nom significatif nous paraît désigner Rituparnas, qui eut pour écuyer habile Nalas, l'époux de Damayanti ; et *Ambarisas* , auquel se rattache la légende d'un sacrifice hu-

---

(¹) *Légende indienne sur la vie future.* Nous relevons ici une erreur d'impression qui altère le sens de la première phrase, laquelle doit se rétablir ainsi : « Descends! dit-il alors à Ganga, nymphe aux eaux célestes ; et, déployant sa chevelure massive qui, à plusieurs lieues de distance, s'arrondissait comme une vaste caverne, le dieu reçut sur sa tête invincible la nymphe qui s'élança du ciel.

main arrêté par l'intervention divine. Cette famille se relève enfin sous le règne de *Daçarathas*, qui termine le xvme siècle, et qui donne le jour à *Râmas*, le conquérant de Ceylan, l'égal de Visnus sur la terre, héros dont le règne paraît coïncider avec celui de Sésostris en Egypte.

D'après le Mahàbhârat, la race lunaire, établie à Indraprastha, sur les rives de la Yamuna, serait issue du sage Budhas, fils de Somas, génie de la lune, et remonterait aussi haut que la race solaire, c'est-à-dire au xxiime siècle, puisque son fonda-teur aurait épousé la sœur même d'Ixvâkus. Cette prétention s'accorde bien, du reste, avec la liste généalogique des souve-rains, au nombre de quarante-cinq, depuis cette époque jusqu'à Yudhisthiras, le héros du poème, que l'opinion com-mune place au onzième siècle. La moyenne des règnes serait donc la même que pour les princes de l'autre dynastie (¹).

Le premier de ces rois de l'Inde centrale, est *Pururâvas* ou Ailas, à qui la tradition donne pour épouse une nymphe, pour fils *Ayus*, pour petit-fils *Nahuças*. Celui-ci, dont le règne illustre remonterait ainsi au xxime siècle, est représenté comme vainqueur des barbares, parti de Méru, la montagne sainte, pour soumettre les régions voisines, et décoré à son retour du titre de Dévanahuças, noms où l'on a cru recon- naître les mots μηρος et διονυσιος, qui chez les Grecs se rap-portent à Bacchus (²). Il paraît toutefois que ce prince blessa

---

(¹) Cet accord s'obtient en adoptant pour les rois de la race solaire la liste ancienne du Râmâyan de préférence à celle du Bhagavat-purâna, plus récente, plus longue et plus confuse; et pour ceux de la race lunaire, celle du Mahâbhârat leur poème national, que le Bhagavat ne fait que commenter.

(²) M. Langlois, dans une dissertation savante, fait remonter la légende de Bacchus à Somas, chef mythique de cette race, personnification de la lune et de la liqueur offerte en libation.

la susceptibilité des brahmanes, dont la légende finit par le transformer en serpent. Son fils *Yayâtis*, prince pieux, fut affligé d'une vieillesse anticipée, et délivré, dit la légende, par le dévouement de *Purus*, le plus jeune de ses fils, qui fut ainsi jugé digne du trône à l'exclusion des quatre autres, devenus, sur les bords de l'Indus, les chefs de tribus guerrières.

A compter du XIXme siècle, en admettant les dates précédentes, la longue série des rois lunaires se succède sans jeter d'éclat, subdivisée et affaiblie sans doute par toutes les branches collatérales qui s'en détachent, et qui forment les royaume de Kanoge, de Mathura, de Kasi ou Bénarès. C'est aussi pendant cet intervalle que durent s'élaborer les Vèdes, et que la constitution brahmanique acquit sa force redoutable. Aussi voyons-nous dans le XVIIme siècle, d'après la généalogie, un prince de Kanoge, le célèbre Viçvâmitras, employer sa rare énergie à lutter contre les brahmanes, représentés dans la légende sous le nom collectif de Vaçisthas, et, ne pouvant les vaincre, finir par entrer dans leur ordre. D'autres princes collatéraux, comme Kanvas, Kutsas, Jamadagnis, suivent ses traces et deviennent anachorètes, jusqu'à ce que le fils du dernier, le terrible Paraçurâmas, l'Hercule indien, armé de sa hache meurtrière comme le héros grec de sa massue, extermine presque toute la caste des guerriers, que défend vainement Arjunas, roi puissant des bords de l'Indus. Après lui la réaction commence, et l'on voit, au début du XVIme siècle, *Dusmantas*, chef de la race lunaire, époux oublieux de Çakuntala, laisser le trône à son fils *Bharatas*, qui devint suzerain de l'Inde entière, vainquit les Mlechâs, les Yavanâs, les Çakâs, les Hunâs, et transmit un nom immortel à ses descendants indirects ; car, privé de fils, il adopta, dit-on, *Bharadvajas*, célèbre anachorète, comme le fut Satyavan, époux de la fidèle Sàvitri, comme le furent Kapilas, Gotamas, Patanjalis, et tous les chefs d'écoles philosophiques.

Le xvme et le xivme siècle offrent parmi les rois lunaires les noms de *Hastin*, qui bâtit Hastinapura, près de Delhi, et celui de *Kurus*, devenu patronymique parmi ses fils, dont l'un fonda le royaume de Magadha ou Béhar. Puis la série continue obscurément pendant de longues années jusqu'au xiime siècle, où *Çantanus* laisse son trône divisé entre *Pandus* et *Dhritarasthras*, dont les fils commencent entre eux cette guerre terrible qui ébranle toute la péninsule, et fait paraître sur la scène, comme parents ou alliés des deux camps, d'un côté Krisnas, prince de Mathura ou Guzerate, de l'autre les rois de Madras, de Bengale, de Magadha, de Cashmire, tous vaincus par les Panduides, que soutient le mystérieux Krisnas. Cette guerre, qui changea la face de l'Inde, se termina par la victoire de *Yudhisthiras*, proclamé roi suprême, vers l'époque où la Grèce, conquise par les Doriens, se constituait en républiques.

Deux longues listes de rois, l'une de soixante, l'autre de trente noms, continuent dans les Purânas la série des deux races jusqu'au siècle qui précéda l'ère chrétienne. Mais la gloire d'Ayodhya s'était éteinte avec Râmas, celle de Hastinapura avec les Panduides, et des états rivaux s'étaient formés depuis l'Himalaya jusqu'à Ceylan. L'étude devient donc multiple, plus étendue dans ses détails, plus rigoureuse dans ses exigences, mais plus pauvre dans ses résultats littéraires. Car, au lieu de trouver, comme on pourrait le croire, plus de certitude dans les dates et d'intérêt dans les événements, on voit les exagérations dogmatiques remplir de fables les Purânas, et la grandeur réelle des héros et des dieux se transformer en idoles monstrueuses auxquelles n'avaient jamais songé les sages des premiers temps. Ce qui chez eux n'était qu'allégorie, devient une réalité choquante; ce qui était piété devient superstition, et l'antique Brahma, rentrant dans l'ombre, abandonne le monde aveuglé à la lutte de Çivas et de Visnus, dont les adorateurs rivalisent de folie ; les temples souterrains d'Ellora et de Salcette, immenses pétrifications des grands poèmes dont le souffle vital avait fui, frappaient la multitude d'une morne stupeur, et paralysaient les esprits courbés sous le joug des brahmanes, qui fut enfin brisé ou du moins allégé par Buddhas. La doctrine de ce réformateur puissant, ou de cette série de réformateurs, dont le dernier Gautamas ou Çakhyamunis aurait paru au VIme siècle, est dans l'histoire un point capital digne des recherches les plus actives Il en est de même de l'expédition d'Alexandre, qui, sans avoir pénétré jusqu'au Gange, ni laissé de souvenirs littéraires, a traversé cependant plusieurs royaumes de l'Inde, dont l'existence réelle est hors de doute ; car les noms de Taxile, de Porus, d'Agraman, mentionnés par les historiens grecs, ont une physionomie toute aussi nationale que ceux de Chandraguptas et d'Açokas, rois de Magadha, dont les règnes sont inscrits sur des monuments authentiques. Cette suite de siècles, à peine marqués ainsi de quelques rares éclairs au milieu des ténèbres, aboutit chez les Indiens à un grand règne, celui de Vikramâdityas, roi de Malava ou Ougein, l'an 56 avant notre ère, prince victorieux et magnanime qui s'entoura d'une pléiade de poètes, parmi lesquels brilla Kalidâsas, et qui, rassemblant et résumant les souvenirs glorieux du passé, jeta sur l'Inde un dernier lustre avant la décadence séculaire sous laquelle elle gémit depuis dix-huit cents ans.

Hâtons-nous donc de revenir en arrière, vers ces glorieux souvenirs du passé que Vâlmikis et Vyâsas ont chantés dans leurs grandes épopées. Si ces souvenirs ne sont pas des chimères, si quelque chose de vrai comme l'héroïsme grec, existe au fond de ces mythes si brillants, dont nous avons esquissé l'analyse, il semble que les émotions seront plus vives, et l'admiration plus sincère que s'il ne s'agissait que

de fictions. Il semble que les gracieuses figures de Çakuntala,
de Damayanti, de Sâvitri, de Sîta, héroïnes de la foi conjugale; que les traits mâles et purs de Râmas, de Bharatas, de
Yudhisthiras, d'Arjunas, fils dévoués, frères généreux et
guerriers invincibles, nous frapperont d'un sentiment plus
vrai et d'une sympathie plus profonde.

Si la contexture des poèmes trop chargés de longueurs et de
répétitions ne répond pas toujours à la perfection des détails;
si la vie des héros se développe, depuis leur naissance jusqu'à
leur mort, d'une manière un peu monotone à travers les scènes
variées de la nature ; si trop souvent l'intervention divine
énerve ou exagère l'activité humaine, tous ces défauts, qu'on
reprochait jadis aux poèmes cycliques de la Grèce et qu'on
peut reprocher bien plus encore aux poèmes chevaleresques
du moyen-âge, s'effacent devant la beauté des images et la
vérité des sentiments. Tour-à-tour austère, imposante comme
la poésie germanique, colorée, étincelante comme celle des
Arabes et des Persans, la poésie indienne sait atteindre souvent
la précision sublime d'Homère et de Virgile. Nous voudrions
pouvoir le prouver pleinement par des citations étendues,
mais nous sentons notre insuffisance; et comment d'ailleurs
embrasser tant d'éléments divers disséminés dans des œuvres
si vastes? Déjà de consciencieux travaux ont fait connaître
les plus beaux épisodes compris dans le Mahâbhârat; et le
Râmàyan a trouvé récemment un traducteur digne du poète(¹).
Ce n'est donc qu'à certains détails que doit s'attacher notre
étude, détails de poésie descriptive ou morale que nous avons
recueillis çà et là dans nos lectures assidues des textes, et que
nous avons cru pouvoir détacher comme des traits isolés et

(¹) *Mahabharati et Ramayani Episodia* publiés MM. Schlegel, Chézy,
Wilson, Bopp ; — *Râmâyan*, texte et traduction italienne par M. Gorresio.

complets. Nous craignons bien qu'en osant les traduire, vers pour vers et presque mot pour mot, dans l'idiome de Virgile dont ils nous semblaient dignes, nous n'ayons souvent, par notre inexpérience, affaibli ces tableaux exquis, dont les couleurs sont si vives et si pures. Mais nous avons voulu montrer, selon la mesure de nos forces, l'étroite affinité de goût, de langage, de rhythme même qu'offre la poésie indienne avec celle des Romains et des Grecs. Images, sentiments, réflexions, sont les mêmes, malgré les contrastes de la nature, malgré la variété des traditions, malgré la différence des principes ; ou plutôt, nous osons affirmer que, si le génie grec et romain conserve l'avantage de la forme et la supériorité d'expression, le génie indien, pris à sa source, a une moralité plus austère, une sensibilité plus profonde, un spiritualisme plus élevé. Loin toutefois de vouloir l'exalter aux dépens des chefs-d'œuvre classiques, ou de songer jamais à le leur substituer, c'est dans ses rapports avec eux et avec la poésie biblique, que nous cherchons ses titres de gloire, rapports intimes, nés au berceau du monde et continués à travers tant de siècles, entre ces trois peuples privilégiés, dépositaires des plus nobles pensées et des œuvres les plus excellentes, les Hébreux, les Indiens et les Grecs.

II

Le vers héroïque des Indiens se compose de huit pieds de quantités diverses, répartis en deux hémistiches et formant ensemble seize syllabes, ce qui le rapproche intimement de l'hexamètre grec ou latin, dont la mesure moyenne est de quinze syllabes. Dispensé comme lui de la rime, il ne connaît d'autre césure que celle marquée par l'hémistiche; et deux vers réunis forment généralement une période désignée sous le nom de çloka (¹). Toutefois, cette symétrie de formes ne produit point de monotonie, car les rejets et les enjambements sont très-souvent mis en usage, et l'accentuation est mobile et colorée comme la pensée. Si de l'analogie de mesure, on passe à celle des sentiments, des mouvements et des images, on est frappé de l'étroite ressemblance qui, malgré une nature si diverse et des mœurs souvent si opposées, unit à travers les siècles ces deux branches d'une antique famille. On est frappé surtout de cette similitude de goût, de pureté et d'harmonie sublime qui rapproche les nobles génies, inter- prètes de la gloire nationale. Pour faire ressortir ces rapports d'une manière nette et convaincante, le meilleur moyen à nos yeux serait de pouvoir reproduire fidèlement et littéralement les vers de Vâlmikis et de Vyâsas, dans la langue d'Homère et d'Hésiode, ou au moins dans celle que Virgile, Horace,

---

(¹) *Théorie du Çloka*, par M. Chézy. En voici un exemple:

Nāivă çăkhyās căläyĭtūm | sătyāt sătyăpărāyănās |
Hĭmăvāu ĭvă çāilēndrŏ | vāyŭnā drŭmăvāiriŏā |

Ovide ont élevée à la même hauteur. Une pareille tâche, dans son ensemble, est impossible de nos jours, et c'est une hardiesse téméraire d'oser même en effleurer quelques traits. Nous le savons, et cependant le désir de faire apprécier certains passages qui nous ont frappé dans la lecture du Râmâyan et du Mahâbhârat, et que leur concision permet d'extraire, autant que leur beauté y convie, nous ont porté à cette témérité pour laquelle nous demandons indulgence. En nous plaçant sous l'égide de Virgile, dont nous avons emprunté les beaux vers chaque fois qu'ils traduisaient le texte sanscrit, nous nous sommes exposé en même temps à un rapprochement redoutable. Mais ici, comme en maintes circonstances, l'intention fera excuser le fait; et, sans plus de préliminaires, nous procédons à nos citations, nous contentant de faire remarquer encore que ces épis, glanés dans un champ si fertile, ne donnent nullement l'idée de sa richesse immense en images, en pensées, en descriptions, en narrations, en scènes pathétiques ou guerrières, en caractères puissamment dessinés, soutenus, développés à travers tout un poème. Déjà, dans un écrit précédent, nous en avons donné plusieurs preuves, parmi lesquelles nous rappellerons ici notre analyse succincte du Râmâyan, qui servira de base et d'enchaînement à nos citations détachées.

Le Râmâyan, vaste épopée en six livres, en 550 chapitres ou lectures, formant ensemble 40,000 vers, est l'œuvre de Vâlmîkis, anachorète célèbre, dont l'existence remonte à plus de mille ans avant notre ère, et qui a consacré ses chants à la gloire poétique de Râmas, roi d'Ayodhya, type de vertu, de courage, de dévouement chevaleresque et religieux, considéré dans sa légende comme une incarnation de Visnus. Son père Daçarathas a quatre fils, Râmas, Bharatas, Laxmanas, Çatrughnas, nés de trois épouses différentes à la suite d'un pompeux sacrifice, sous l'influence directe de la divinité qui se manifeste surtout chez Râmas. Instruit chez la religion par Vaçisthas, dans la guerre par Viçvàmitras, prêtres et sages vénérés dont les noms figurent dans les Vèdes, armé par ce dernier de flèches magiques contre les Raxasas, génies ennemis des dieux, il obtient la main de Sîta, princesse de Mithila, après avoir tendu l'arc divin de Çivas, et retourne triomphant vers son père qui veut l'associer au trône. Mais la mère de Bharatas, qui jadis avait reçu du roi sauvé par elle le droit, confirmé par serment, de lui demander deux grâces, demande alors pour son fils la couronne, pour Râmas quatorze années d'exil. En vain le roi désespéré cherche-t-il à vaincre sa rigueur; elle persiste, et le malheureux père prononce l'arrêt de son fils chéri, souhaitant secrètement sa désobéissance. Mais Râmas, modèle de loyauté, repousse les prières de sa mère, de Sîta sa charmante épouse, de Laxmanas son frère fidèle, du peuple dont il est l'idole. Il part; mais son frère et sa femme l'accompagnent dans la région sauvage où l'attendent tant de rudes épreuves : région hérissée de forêts, sillonnée de rivières impétueuses, dominée par d'imposantes montagnes, dont son âme tendre et religieuse apprécie la poétique grandeur. Daçarathas étant mort de chagrin en expiation d'une ancienne faute, du meurtre involontaire d'un jeune anachorète, Bharatas accompagné de Çatrughnas et de toute la nation en deuil, vient supplier Râmas de reprendre ce trône qui lui revient par droit de naissance; mais le héros, jaloux de l'honneur de son père, refuse et s'enfonce dans les bois. Là, il parcourt tous les saints ermitages que sa valeur défend contre les Raxasas, en même temps que son grand cœur s'enflamme à l'ouïe des légendes merveilleuses qui retracent la gloire des vieux jours. Mais, ô douleur, sa chère Sîta, la douce compagne de son exil, lui est tout-à-coup enlevée par Râvanas, tyran de Lanka, chef formidable des mauvais génies, que les dieux mêmes n'osent affronter. Non-seulement son ennemi l'outrage, mais il échappe même à sa vue : protégée par les flots de l'Océan, sa retraite serait inaccessible si, par la volonté céleste, une armée de Vânaras, singes ou satyres, sortie tout-à-coup des forêts, ne venait seconder Râmas dans sa recherche active et furieuse. Hanuman, habile explorateur, doué d'une force surnaturelle, s'élance sur l'aile des vents vers Lanka, la florissante Ceylan, où il découvre la captive entourée d'un essaim de négresses. Rassuré par lui sur le sort de Sîta, que le ravisseur respecte encore, Râmas, suivi de Laxmanas et de Sugrivas, roi des satyres, avec une innombrable armée, jette sur la mer un pont merveilleux et s'avance menaçant vers la splendide Lanka, que défendent les sombres Raxasas : siége terrible, combats acharnés, vives et sanglantes péripéties, amenées surtout par l'intrépidité d'Indrajit, un des fils de Râvanas, dont les succès sont cependant arrêtés par la défection de Vibhîsanas, son oncle, indigné des violences du tyran. Vient ensuite la lutte décisive : Râvanas lui-même sort de la ville, il attaque Râmas en combat singulier, combat qui dure sept jours entiers, jusqu'à ce que le géant impie, dont les têtes renaissaient sans cesse, reçoive dans le cœur une flèche magique qu'animait le souffle divin. Sîta est libre ; mais est-elle toujours digne du fidèle amour de Râmas? Il en doute un instant, et à ce seul soupçon la vertueuse épouse s'élance dans le bûcher allumé pour le sacrifice. Mais les dieux interviennent ; elle sort saine et radieuse de ce feu purificateur. Râmas, rassuré par Brahma et par l'âme glorifiée de son père, monte avec Sîta justifiée et les chefs alliés redevenus des hommes, sur un char de fleurs que lui offrent les dieux. Du haut du ciel, il contemple les lieux témoins de ses épreuves passées ; l'exil est accompli, le héros généreux pardonne à tous ses ennemis, et ses trois frères, suivis d'un peuple ivre de joie, viennent poser sur sa tête la couronne si dignement conquise par ses vertus.

Nous avons dit quel était selon nous le sens historique de cette noble légende. Râmas, chef des Aryas, de race blanche, dévoué à la religion de Brahma, défenseur des anachorètes répandus dans les solitudes de l'Inde, aurait eu à combattre des tribus païennes de race noire, qui, des côtes fertiles de Ceylan, poussaient leurs incursions meurtrières jusqu'au centre de la péninsule. Exclu du trône, abandonné des siens dans cette lutte prolongée et cruelle, il aurait trouvé pour auxiliaires les peuplades sauvages du Décan, irritées contre les agresseurs, et aurait, après mille efforts, conquis Ceylan, réconcilié les siens, et amené à la civilisation et à la foi ses rudes auxiliaires et ses ennemis mêmes. De là ces chants de triomphe et l'apothéose de Râmas; de là cet enthousiasme national perpétué à travers les siècles; de là aussi une des œuvres les plus belles, une des sources de poésie les plus fécondes que nous ait transmises l'antiquité.

Voici quelques passages de ce poème, recueillis dans les différents chants et traduits vers pour vers et presque mot pour mot, autant que le permet la différence des deux idiomes.

Râmas, parvenu à l'adolescence, va faire ses premières armes pour combattre les ennemis des dieux. Voici comment l'introduit le poète :

Ramus adest; vidére dii lumenque juventæ
Purpureum frontisque decus : tùm lenis ab alto
Signat iter zephyrus, florum cadit aurea nubes,
Festivoque sonant cœlestia tympana cantu.

RAM. I. ch. 25.

Le jeune Râmas s'arrête, après plusieurs exploits, dans une vaste forêt indienne peuplée de pieux anachorètes, qui lui racontent les légendes des vieux temps, et entre autres la descente du Gange, lorsque soudain la nuit s'abaisse à l'horizon :

> « Dùm nos hìc placidas narrando ducimus horas,
> Nox ruit, et medio volvuntur sidera lapsu.
> Jàm tacet omnis ager, pecudesque vagæque volucres,
> Et juga silvarum et montes umbrantur opaci.
> Undique resplendet stellis ardentibus æther
> Pulvere ceu roseo conspersus ; et ecce soporis
> Alma parens, radios diffundit luna serenos,
> Arentemque siti purâ face temperat orbem. »
>
> RAM. I. ch. 36.

A son retour, après son mariage avec Sîta, la gracieuse princesse, l'explosion d'un ouragan lui apporte un présage sinistre :

> Tùm subitò præceps desævit ab æthere ventus
> Flammeus, arva fugâ vastans ; procùl ecce dehiscit
> Omne solum, palletque dies, tenebrisque coortis
> Pulverulenta tremit fulvo sub turbine terra.
>
> RAM. I. ch. 76.

Une longue série de scènes touchantes retrace sa réception à Ayodhya, les préparatifs de son couronnement comme héritier présomptif du trône, la jalousie de sa belle-mère, la sentence d'exil que son père prononce involontairement contre lui, sentence qui, loin de l'irriter, malgré la douleur de sa mère et de toute sa famille, n'excite en lui qu'un vertueux dévouement :

> Voce malà experrecta fides, velut incitus acri
> Fortis equus stimulo, campis exsultat apertis,
>
> RAM. II. ch. 16.

« Jussa patris violare nefas ; ego te, optima mater,
Fronte piâ veneror , sed jussa paterna facessam. »

RAM. II. ch. 18.

Sîta , voyant que rien ne peut fléchir sa résolution magnanime, demande avec instance la faveur de l'accompagner en exil :

« Rame , per hanc animam et venturæ gaudia vitæ ,
Testor, non sine te cœli foret ulla cupido ;
Rector es et dominus , tu lux mea, tu deus ipse ,
Te sequar , ô conjux , hæc est suprema voluntas.
Exul ego tecum silvestri ex arbore poma
Radicesve legam , nec te comes ista gravabit ;
Tantus amor fluvios , montes, silvasque , lacusque ,
Pellibus incinctam , Ramo comitante , videre.
Omnibus umbra locis aderit tibi dedita conjux ;
Si stes , stabit amans ; si progrediare , sequetur.
Te præsente salus, te nox inferna remoto ;
Cede piis precibus , vitæ spes unica tecum ! »

RAM. II. ch. 27.

Il part avec son épouse et son frère fidèle, accompagné des vœux de tout le peuple, et arrive bientôt aux bords riants du Gange :

En fluit ante pedes gelidis argenteus undis
Tergeminus sacer ille amnis qui, natus ab alto
Æthere, frondifero præceps decurrit Himavo ;
Amnis inexhaustus, quem di coluére , beata
Terra fovet, quem monstra maris gaudentia sulcant,
Cycnique assiduo celebrant modulamine , Ganges.

RAM. II. ch. 47.

Râmas, continuant sa route, traverse avec Sita le fleuve
au lever du jour :

« Sol oritur, tacitas nox alma recolligit umbras,
Cocilus arguto se librat in aere cantu,
Pavonesque nemus raucis clangoribus implent;
Illicet oppositas fluvii properemus ad oras. »

RAM. II. ch. 52.

Cependant son père Daçarathas, désespéré du serment
fatal qui le prive d'un fils chéri, se rappelle une faute ancienne, le meurtre involontaire du jeune Yajnadattas, qui
lui a mérité cette épreuve ; et, au milieu de ce bel épisode
bien connu du monde littéraire, on lit entre autres ces deux
maximes :

« Florum gratus odor levibus dispergitur auris,
Humanæ virtutis odor pervadit in ævum, »

RAM. II. ch. 61.

« Quidquid agunt homines sub sole bonumve malumve
Certos inde legent exacto tempore fructus. »

RAM. II. ch. 65.

Râmas dans son pèlerinage arrive avec Sita à l'entrée d'une
vallée ravissante, et s'assied avec elle dans une grotte, d'où
il contemple la forêt :

« Aspice, dùm raucis resonant arbusta cicadis,
Dente cavans elephas exsugit ab ilice mella.
Garrulus hic volucer, fugitivi suasor amoris :
Ite, redite, canit, rutilantes dùm quatit alas;

Dulce gemens avis illa : puer , puer , arbore summâ
Voce tremente vocat ; sic me carissima mater !
Florida virga , vide , nutans sub fasce rosarum ,
Frondosam amplexa est , ceu tu me languida , stirpem. »

Ram. II. ch. 105.

Il ignore encore la mort de son père, mais Bharatas, son frère, suivi d'un peuple en deuil, en apporte tout-à-coup la nouvelle, en même temps qu'il lui offre la couronne :

« Heu genitor mœrore gravi sua regna relinquens ,
Te frustrà , te nate vocans, concessit ad astra ! »

Fratris ubi vocem turbatà mente recepit
Fulmineam , riguêre manus, velut icta bipenni
Floribus arbor onusta , solo cadit inscius heros.

Ram. II. ch. 111.

Râmas , rappelé avec peine à la vie , fait entendre ces graves réflexions sur la fragilité des choses terrestres :

« Volvuntur celeres hominum noctesque diesque,
Vita caduca fugit, velut igne absumitur unda ;
Gaudemus veniente die, gaudemus abactâ ,
Donec aberrantes extrema supervolet hora.
Navibus ut naves occurrunt æquore magno
Vixque salutatæ, vento in contraria tendunt,
Sic sponsis, puerisque, propinquis, divitiisque,
Occursus brevis est, rapit in contraria fatum. »

Ram. II. ch. 114.

Mais aucune instance , aucune prière ne peut lui faire accepter ce trône dont le serment fatal de son père l'a exclu

pendant quatorze ans ; car la vertu des princes est le gage de
celle des nations :

« Regis ad exemplar totus componitur orbis ;
Quòque animum vertat, vertit se mobile vulgus. »
RAM. II. ch. 118.

« Sollicitata malo proba mens virtute resistit ,
Summus Himavus uti, silvas agitante procellâ. »
RAM. II. ch. 120.

Il s'enfonce donc au milieu des forêts, où son ardeur guer-
rière est bientôt excitée par l'apparition d'une armée de
Raxasas, qui attaque les anachorètes, et à laquelle Râmas
résiste seul :

Eia , exclamat ovans, rutilo simul ære micantem
Loricam induitur , magnumque interrogat arcum ,
Telaque lethiferis imitantia dentibus angues
Concutiens, hostesque vocans, effulget in armis ,
Sol velut exoriens nocturnâ erumpit ab umbrâ.
RAM. III. ch. 30.

L'armée ennemie tout entière est anéantie par le héros ;
mais cette victoire excite la fureur de Ravanas, et ce sombre
génie, puissant dominateur de Lanka, après avoir entraîné les
deux frères à la poursuite d'un cerf imaginaire , apparaît
tout-à-coup à Sîta et l'enlève :

Impius at Ravanas dubiâ sub luce puellam
Fratribus orbatam respexit, ut æthere ab alto
Auroram , dùm absunt sol lunaque , livida nubes.
RAM. III. ch. 52.

Ille manu validâ luctantem amplexus, in auras
Sustulit, ut vitreâ reginam à sede colubram
Altisonans pedibus divûm rapit armiger uncis.

RAM. III. ch. 54.

Ràmas, de retour après une poursuite inutile, pleure sa jeune épouse dans sa retraite solitaire :

Silvarum in medio, deserta per antra ferarum,
Imo corde gemens, raptos deflebat amores.
Te, dulcis conjux, invisæ lucis ab ortu
Noctis in adventum, clamore vocabat inani.

RAM. IV. ch. 26.

Il ignore le chemin qu'il doit suivre et l'ennemi qu'il doit combattre, quand la faveur des dieux lui envoie pour puissants auxiliaires une innombrable armée de satyres qui, à la voix de Sugrivas, se réunissent dans cet immense désert :

Montibus aeriis exercitus emicat ingens
Regis silvicolæ; pallet lux alma diei,
Dùm pulsis similes elephantibus impete cœco
Concurrunt, vastoque tremit sub pondere terra.

RAM. IV. ch. 39.

Aussitôt, le roi des satyres, devenu l'allié de Râmas, envoie des explorateurs aux quatre extrémités de la terre indienne, dont il fait une description pleine de riche poésie; et Hanuman, l'un d'eux, ayant découvert Sîta dans l'île lointaine de Lanka ou Ceylan, l'armée entière traverse la péninsule et arrive enfin en vue de l'Océan :

En oculis subitò apparet mirantibus ipse
Oceanus, magni versatilis orbis imago,

Conchis omnigenis hirsutus, et æquore vasto
Pisces et colubras et monstra natantia volvens.
Unda sopore silens, lenive jocosa susurro,
Torva repente fremit summasque emergit in auras...
Gurges hians, atrox, impervius, antra gigantûm
Lurida, ubi, ventis stridentibus, anxia cete
Continuo saltu fluctus sternuntque levantque,
Ætherque in pontum vanescit, in æthera pontus.

RAM. V. ch. 1 et 74.

C'est au-delà de cette vaste mer que Hanuman, messager
fidèle, a découvert la malheureuse Sîta, entourée de bandes
ennemies :

Dùm jacet illa solo, ceu victima casta deorum,
Tristia languidulâ fundens suspiria voce,
Auxiliis orbata suis, inimica recenset
Agmina, cerva velut tigribus stipata cruentis.

RAM. V. ch. 18.

Râmas, retiré seul sur le rivage, gémit sur la perte de
ses amours :

Stat procul à sociis, et lumina mœsta revolvens
Æquor in immensum, lacrymis effatur obortis :
« Humanâ de mente dolor labentibus annis
Labitur, at meus ille dieque dieque resurgit.
Aura veni quam spirat amans, afflabis amantem!
Sic mihi, sic misero vivendi sola potestas. »

RAM. V. ch. 75.

Bientôt, par un pont merveilleux jeté à travers l'Océan, il

arrive avec son armée à l'île opulente de Ceylan, où, sur une majestueuse montagne, s'élève la cité de Lanka :

Floriferâ silvâ circumdatur aurea Lanca,
Urbs æterna velut, magno sacrata Tonanti.
Hic gelidi fontes et prata virentia musco,
Cæruleæ violæ, perfusaque murice lotos ;
Floribus hic, gemmisque novis, et fructibus arbor
Luxurians, hominum vestes imitatur opimas.
Mille volant revolantque vago discrimine currus
Per nemus umbriferum ; dùm latè apiumque susurro
Et meruli modulis et voce gemente columbæ,
Pavonumque altis clangoribus insonat æther.
Mons ibi dives opum liquidas assurgit in auras,
Arboribus densus variis, ut roscida nubes
Imo emersa solo, cœlesti luce corusca ;
Mons sacer, excelsus, quem vix tentare volando
Alitibus licitum, quo mens perculsa fatiscit ;
Culmine in aerio victrix sedet aurea Lanca.

RAM. VI. ch. 15.

C'est là que commencent les combats dont l'issue doit décider du sort de l'Inde, combats acharnés entre des ennemis également intrépides et cruels, les Raxasas ou nègres, et les Vânaras ou satyres :

Ecce inter satyros maurosque repente tumultus
Bellicus exoritur, qualis priùs illa gigantum
Pugna diis infesta : nigri clavisque præustis
Et jaculis, sævisque securibus, hirta lacessunt
Agmina ; eos satyri vasto de monte revulsis
Rupibus, arboribus, simùl ungue et dente repellunt.

RAM. VI. ch. 17.

Au milieu de ces luttes gigantesques s'élève une tempête furieuse annonçant l'arrivée d'un messager des dieux :

> At subitò densis erumpens nubibus auster
> In mare præcipitat, montes gemuêre profundi ;
> Turbine fluctivago quassatæ in littore silvæ
> Avulsâ radice natant, trepidantibus alis
> Diffugiunt volucres , vitreâque in sede colubras
> Nox inopina tegit , saliunt immania cete ,
> Et divis inimica cohors , titania pubes ,
> Gurgitis horrisoni fundo tremuêre sub imo.
>
> RAM. VI. ch. 26.

Après une foule de péripéties dramatiques vient enfin le combat décisif de Râmas contre Ravanas , qui se prolonge pendant sept jours en présence des titans et des dieux :

> Ramus adit Ravanam , Ravanas premit impete Ramum
> Efferus, innumerasque manu jaciente sagittas.
> Vertuntur redeuntque elati curribus , imbre
> Lethifero gravidi , velut actæ turbine nubes.
> Curribus oppositis temo temone , viro vir
> Hæret, equûm flatu cervix humescit equina.
> Dùm superi cœlo , genii terràque marique
> Attoniti spectant, dùm lux renovata movetur
> Septima, anhelantes pugnant hi nocte dieque ,
> Nec mora nec requies ludo datur ulla cruento.
>
> RAM. VI. ch. 92.

Enfin Ravanas succombe sous le trait fatal de Râmas, comme Ahis, le noir serpent, fut jadis vaincu par Indras ,

dieu de l'éther et du tonnerre ; et le héros, aussi modeste
qu'intrépide, fait à ses alliés hommage de sa victoire :

Fatifero telo confossus, inermis et amens
Corruit, Ahis uti flammis ultricibus Indri.
                          RAM. VI. ch. 92.

« Vestrâ nempe manu, vestrâ virtute peremptus
Procubuit Ravanas, pestis teterrima belli ;
Hoc opus, hoc vestrum memores, dùm terra manebit,
Usque triumphali celebrabunt carmine gentes. »
                          RAM. VI. ch. 92.

Parvenu à la fin de ces citations détachées, si restreintes et
si incomplètes qu'elles puissent être en proportion d'un
poème si merveilleux, nous osons toutefois espérer qu'elles
prouveront jusqu'à l'évidence la marche harmonieuse et
classique de l'épopée chez les Indiens. Déjà ce petit nombre
de pages pourrait offrir maints rapprochements curieux
avec les belles scènes de l'Iliade, de l'Odyssée, de l'Enéide,
et quelle immense moisson resterait à faire encore si l'on
considérait le poème entier ! Le caractère de Râmas dans son
ensemble se rapproche de celui d'Hector, comme Sîta nous
rappelle Andromaque, et tous les personnages qui interviennent, et toutes les grandes scènes de la nature au milieu
desquelles ils se meuvent, ont leur reflet dans la poésie grecque,
si vivement reproduite par Virgile. On pourrait y signaler
également des ressemblances nombreuses avec Dante, in-
terprète sublime du moyen-âge, précurseur inspiré de la
poésie moderne. Mais sans insister sur des détails que nos
lecteurs reconnaîtront d'eux-mêmes, nous citerons encore
quelques passages isolés du Mahâbhârat.

Le Mahâbhârat, moins régulier, moins harmonieux que
le Râmâyan, dont il dépasse de beaucoup l'étendue puisqu'il

se compose de dix-huit livres formant ensemble près de deux cent mille vers, est moins une épopée qu'un immense réper- toire de toutes les légendes de l'Inde ancienne, recueillies, dit-on, par Vyâsas dont le nom signifie collecteur, et grou- pées avec moins d'art que d'abondance autour du sujet prin- cipal. Ce sujet, essentiellement indien, est la lutte des deux branches de la dynastie lunaire des Bharatides, établie à Hastinapura dont les ruines se voient encore près de Delhi. De deux frères, l'aîné, Pandus, a cédé le trône à son frère Dhritarastras, en réservant les droits héréditaires de ses cinq fils, Yudhisthiras, Bhîmas, Arjunas, Nakulas, Sahadevas, types de justice, de force, de sagesse et de fra- ternité généreuse, héros tellement exemplaires que leur nais- sance est attribuée aux dieux qui personnifient ces vertus. Mais Dhritarastras a cent fils dévorés d'une ambition inquiète, que manifeste surtout Duryodhanas, l'aîné, en persécutant cruellement ses cousins, et en les forçant à l'exil. Longtemps ils errent dans les forêts avec leur mère et leur unique épouse, menacés d'une foule de dangers dont ils triomphent par leur valeur ; longtemps aussi ils servent dans une cour étrangère où leur patience est rudement éprouvée, jusqu'à ce qu'enfin la lutte s'engage par l'adjonction de puissants alliés, parmi lesquels le sage et mystérieux Krisnas, issu lui-même de la race royale, embrasse la cause des Panduides, pendant que d'autres chefs, Bhismas, Dronas, Karnas, soutiennent le parti opposé. L'Inde entière s'associe à cette guerre de fa- mille qui, après un horrible carnage, finit par la victoire des Panduides, grâce à l'assistance de Krisnas. Tous les au- tres princes ont péri ; et le juste Yudhisthiras, gémissant sur des maux qu'il n'a point provoqués, va ceindre malgré lui la couronne que lui décerne l'assentiment des peuples, quand il apprend que Krisnas lui-même, son bon génie, son plus ferme défenseur, le noble protecteur d'Arjunas à qui il révéla

les oracles divins, a tout-à-coup disparu de la terre, et que
l'ami qu'il pleure n'est autre que Visnus lui-même, venu dans
ce monde corrompu pour y régénérer les âmes. Dégoûté des
vanités terrestres, le roi cède la couronne à un de ses neveux,
et s'achemine, avec ses frères et avec son épouse Dropadi,
vers les gorges glacées de l'Himalaya, afin de s'y préparer au
ciel. Dans cette ascension périlleuse, tous succombent sous
le poids de leurs fautes; le seul Yudhisthiras, le noble
Bharatide, parvient, soutenu par sa justice, jusqu'à la cime
où s'ouvre l'empyrée; descendu de là dans l'enfer, il en ra-
mène, par une faveur spéciale due à son dévouement sublime, tous ceux qui lui furent chers sur la terre; il se
réconcilie avec tous ses ennemis, et jouit enfin dans l'assem-
blée des dieux de la béatitude suprême.

Cette pâle esquisse d'un poème immense et rempli de tant
d'incidents, n'en peut donner qu'une idée fort incomplète;
car son mérite, ainsi que nous l'avons dit, consiste beaucoup
moins dans le sujet même que dans la multitude d'épisodes,
de traditions, de réflexions, de tableaux mythologiques et
héroïques dont il abonde, et qui résument toute la science des
Indiens. Rédigé après le Râmâyan, à un ou deux siècles de distance, et consacré à célébrer un événement postérieur à la glo-
rieuse conquête de Ceylan, il contient néanmoins une foule de
souvenirs primordiaux, que souvent Vâlmikis effleure à peine
ou qu'il passe complètement sous silence, et que Vyâsas ou
Sautis, si tel est le vrai nom du poète, ravive et développe
avec un religieux respect. C'est là le mérite dominant de ce
poème, ou plutôt de cette série de chants où tant de beautés
du premier ordre compensent de fastidieux détails. Il suffira
pour s'en convaincre de parcourir les brillants épisodes publiés à différentes époques, mais trop peu connus encore, où
se peignent d'une manière si frappante la sagesse de Krisnas,
d'Arjunas, de Yudhisthiras, la fidélité conjugale de Çakuntala,

de Damayanti, de Savitri. La première de ces héroïnes célébrées dans le Mahâbhârat a été popularisée par le beau drame de Kalidasas, si bien traduit par M. Chézy; les deux autres mériteraient de l'être par la reproduction entière de leurs légendes que peut-être nous publierons un jour. Contentons-nous d'en citer en ce moment quelques passages, que nous chercherons à traduire comme ceux du Râmâyan, vers pour vers et presque mot pour mot.

Çakuntala, pupille du sage Kanvas, épouse de Dusmantas roi de la race lunaire, se voyant méconnue avec son jeune enfant, reproche ainsi au roi cet oubli qui l'outrage :

« Alto corde memor, quid ais, fortissime regum,
Immemor esse mei, vilis mendacia vulgi !
An reputas peccare volens : non me videt ullus ?
Te vidére dii, te pectoris intimus hospes.
Hunc ergo puerum, tenero dùm flagitat ore
Arridetque oculis, falso sub crimine linques?
Cocilus imbellis nido fovet anxius ova ;
Justitiæ custos, tu prolem, invicte, repelles?
Scis quæ verba pius Vedis inscripta sacerdos
Dicat, ubi festis fumant natalibus aræ :
» Corpore corpus, ave, mens mente renata paternâ ;
» Exoptate puer, centenâ sorte fruaris ! »
Nescio quæ labes ævo sit inusta priori
Ut sic à sociis, à conjuge sola relinquar ;
Aufugiam in silvas divis invisa, sed illum,
Illum sume, pater, proprio de sanguine natum! »

                                        MAH. I.

Damayanti, fille du roi de Vidarbha, belle et constante comme Pénélope, était recherchée en mariage par les rois

les plus puissants de l'Inde ; mais avertie par la voix d'un
cygne, confident de ses naïves pensées, elle avait donné son
cœur à Nalas, héritier du trône de Nisadha ; et fidèle à cette
promesse sacrée, on la vit, au jour solennel où devait se pro-
noncer son choix, le préférer aux rois, aux dieux mêmes qui
étaient venus solliciter sa main :

> Quattuor, hos inter, radianti cincta coroná ,
> Arrectis oculis, ab humo se fulgida tollunt
> Numina ; sed quinto marcescere serta videntur,
> Et languere oculi, terræque incumbere gressus.
> Illa deos cœtu in medio turbata Nalumque
> Mortalem aspiciens, terrestri fida marito
> Annuit ; et chlamydem roseo suffusa pudore
> Attingens, humeris injecit florea serta,
> Florea, perpetui redivivum pignus amoris.
> « Eia ! simul reges, » bene sit ! vatesque diique
> Exclamant, » bene sit cœptis felicibus ! Ille
> Læto animo dextram teneræ complexus amantis
> Blandâ voce refert : « Me, formosissima virgo,
> Me mortale genus, divis præsentibus , optas
> Conjugio ! tibi vir devinctus pectore, caris
> Subditus imperiis, aderit dùm vita , manebo. »
>   Mah. III.

Savitri, fille du roi de Madras, l'Alceste indienne, invitée
par son père à chercher un époux, avait préféré les vertus aux
richesses en choisissant le jeune Satyavan, retiré au fond d'un
ermitage avec son père aveugle, dépossédé du trône de Salva.
Mais elle apprend de la voix d'un sage que bientôt son fiancé
doit mourir ; persistant cependant dans son choix, elle se
livre aux jeûnes, aux prières, afin de détourner de lui le coup

fatal, et l'accompagne tremblante dans la forêt pour le sauver ou mourir avec lui.

> Concessum per iter graditur cum conjuge, blandis
> Arridens oculis, premit alto corde dolorem.
> Illa per umbrosas valles et amœna vireta,
> Frondea dùm resonant avibus virgulta canoris,
> Irriguisque cadit de rupibus unda, vagatur.
> « Aspice! ait juvenis læto clamore : sed illa
> Sponsum respiciens, in eo defixa moratur ;
> Sponsum exspirantem, vatis memor, anxia mente
> Jàm videt, atque tremens, passu festina silenti,
> Pallida spem simulans, dulci comes hæret amori.
> Ut ventum in silvam, media in spelæa ferarum,
> Fructus ille legens et odoras floribus herbas,
> Confestim validâ decerpit ligna securi.
> Sed languere caput, membrisque effervere sudor
> Incipit ; æger, iners, Savitrim sua gaudia quærit :
> « Membra dolent, dilecta, cor uritur, undique fluxæ
> Deficiunt vires, jàm standi ablata facultas ;
> Tecum fert animus grato indulgere sopori. »
> Illa solo recubat, languentem innixa lacertis
> Accipit, admoto sustentat pectore pectus,
> Dilectumque caput refovens exterrita, fati
> Tempora, signa notans, dulci comes hæret amori.
>
> MAH. III.

Enfin le Bhagavadgîta ou chant sacré, contenu comme on sait dans le même poème, est un magnifique développement du système de la métempsycose, dont nous ne citerons ici que ces vers remarquables sur l'âme humaine et le Dieu créateur :

> Mens ea, perpetuâ florens invicta juventâ,
> Nullum nempe necat, non ipsa necatur ab ullo ;

Utque novas vestes, annosâ veste relictâ ,
Induimus, mens læta novo se corpore vestit...
  Omnipotens dominus cunctorum in pectore vivit ;
Ut temo radios, sic nos ignota potestas
Mille trahit revoluta modis : hanc semper adora ;
Hâc duce libera mens æternâ pace fruetur.

Mah. VI.